Les contes de la ferme

Le grand livre des
Contes de la ferme

Les contes de la ferme

Le grand livre des
Contes de la ferme

Heather Amery
Illustrations : Stephen Cartwright

Directrice de la collection : Jenny Tyler

Cherche le petit canard,
il y en a un sur chaque page.

Ce livre est dédié à la mémoire
de Stephen Cartwright

1948 - 2004

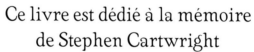

Quelques crayonnés originaux réalisés par Stephen Cartwright
pour les personnages des Contes de la ferme.

Sommaire

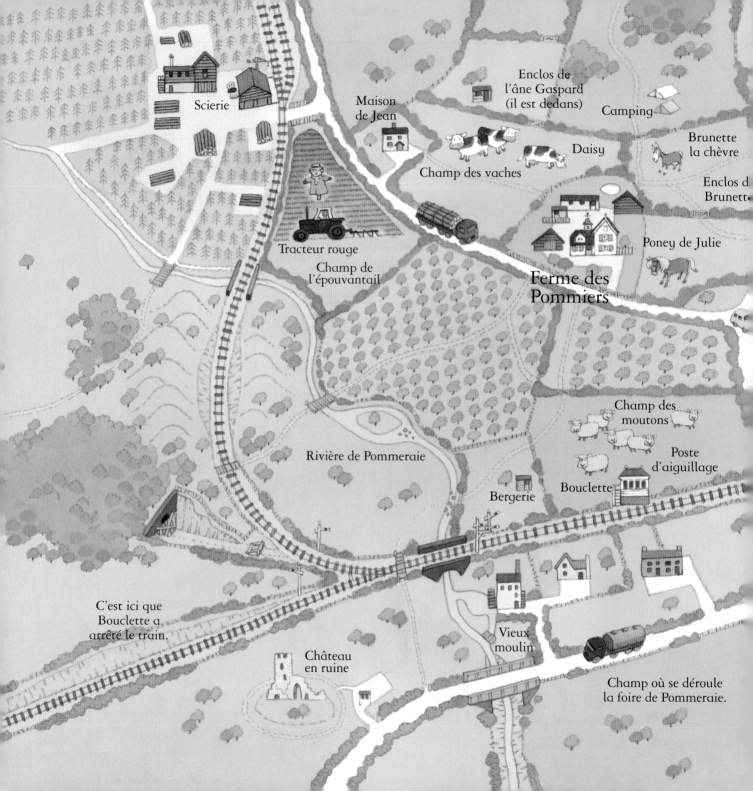

Scierie

Maison de Jean

Enclos de l'âne Gaspard (il est dedans)

Camping

Daisy

Brunette la chèvre

Champ des vaches

Enclos d Brunett

Tracteur rouge

Poney de Julie

Champ de l'épouvantail

Ferme des Pommiers

Champ des moutons

Rivière de Pommeraie

Poste d'aiguillage

Bouclette

Bergerie

C'est ici que Bouclette a arrêté le train.

Château en ruine

Vieux moulin

Champ où se déroule la foire de Pommeraie.

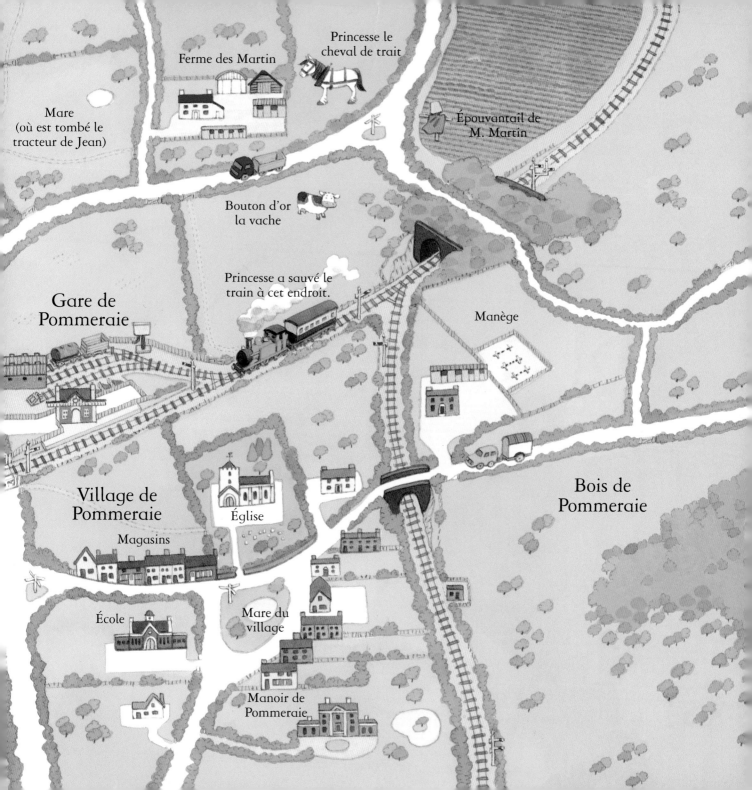

Tire-bouchon le cochon

Petit cochon est coincé

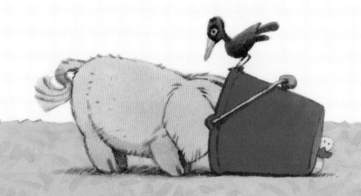

Voici la ferme des pommiers.

Madame Dupré est fermière. Elle a deux enfants, Julie et Marc, et un chien, Caramel.

À la ferme il y a six cochons.

Les cochons vivent dans un enclos, où ils ont une petite cabane. Le plus petit cochon s'appelle Tire-Bouchon.

C'est l'heure de manger.

Madame Dupré donne à manger aux cochons. Mais
Tire-Bouchon est si petit qu'il n'a jamais rien.

Tire-Bouchon a faim.

Il fait le tour de l'enclos à la recherche de quelque chose à manger. Il découvre une petite ouverture sous le grillage.

5

Tire-Bouchon est dehors.

Il s'est glissé sous le grillage. Le voilà dans la cour
de la ferme.

Il se promène dans la cour et observe tous les animaux.
Quel repas va-t-il choisir ?

Tire-Bouchon veut le repas des poules.

Il trouve que le repas des poules a l'air bon. Il se faufile entre deux planches de la palissade.

8

Tire-Bouchon goûte.

Il goûte la nourriture des poules. Il trouve cela si bon qu'il dévore tout. Les poules sont furieuses.

Madame Dupré voit Tire-Bouchon.

Tire-Bouchon entend madame Dupré qui le gronde.
« Que fais-tu dans le poulailler, Tire-Bouchon ? »

Il se précipite vers la palissade.

Il essaie de sortir par où il est entré. Mais il a tellement
mangé qu'il est trop gros !

Tire-Bouchon est coincé.

Tire-Bouchon pousse de toutes ses forces, mais il ne peut plus bouger. Il est coincé dans la palissade.

Tout le monde pousse.

Madame Dupré, Julie et Marc poussent Tire-Bouchon tous
ensemble. Il couine très fort. Son ventre lui fait mal.

Tire-Bouchon est libre.

Soudain, dans un grognement, Tire-Bouchon se dégage de la palissade. « Il est sorti, il a réussi ! » crie Marc.

Il est sain et sauf.

Madame Dupré prend Tire-Bouchon dans ses bras. « Pauvre petit », dit-elle en le ramenant vers l'enclos à cochons.

Tire-Bouchon est content.

« Demain, tu auras double ration », dit-elle. Et depuis ce jour-là, Tire-Bouchon n'a plus jamais souffert de la faim.

Le vilain mouton

Voici la ferme des Pommiers.

Madame Dupré est fermière. Elle a deux enfants,
Julie et Marc, et un chien, Caramel.

À la ferme il y a sept moutons.

Les moutons vivent dans un pré, entouré d'une clôture.
L'un des moutons a un œil noir. Il s'appelle Bouclette.

Bouclette s'ennuie.

Bouclette dresse la tête et regarde par-dessus la clôture.
« De l'herbe, dit-il, rien que de l'herbe. Quel ennui ! »

Bouclette s'échappe par la barrière.

Il se sauve jusqu'à la cour de la ferme. Il passe une autre barrière et entre dans le jardin.

Il voit plein de choses à manger dans le jardin.

Bouclette goûte quelques fleurs. « Très bonnes, dit-il,
et bien plus jolies que l'herbe ! »

Peux-tu voir où Bouclette a passé ?

Il a mangé plein de fleurs dans tout le jardin. « J'adore les fleurs », dit-il.

Madame Dupré voit Bouclette dans le jardin.

« Qu'est-ce que tu fais dans mon jardin ? crie-t-elle.
Tu as mangé toutes mes fleurs, vilain mouton. »

Madame Dupré est très fâchée.

« C'est la foire aujourd'hui, dit-elle, et je voulais y apporter mes plus belles fleurs. Fini maintenant. »

C'est l'heure de partir pour la foire.

« Allons ! Venez, dit Julie, il faut partir. La foire va
bientôt commencer. C'est juste en bas de la route. »

Ils se mettent en route.

Bouclette les regarde partir. Il mâche une fleur
en pensant : « J'aimerais bien aller à la foire. »

Bouclette va à la foire.

FOIRE

Bouclette galope sur la route. Bientôt, il arrive dans
un grand champ où il y a beaucoup de monde.

Bouclette entre dans le champ de foire.

Il se faufile entre les gens et arrive sur le terrain.
Il s'arrête près d'un monsieur en blouse blanche.

Madame Dupré aperçoit Bouclette.

« Qu'est-ce que tu fais là, Bouclette ? » demande madame Dupré. « Il vient de gagner un prix », dit le monsieur.

Bouclette remporte une coupe.

« Cette coupe est pour le plus beau mouton », dit le
monsieur. « Oh ! merci beaucoup ! » dit madame Dupré.

C'est l'heure de rentrer à la maison.

« Viens, vilain Bouclette, dit madame Dupré. Tu es très malin, mais la place d'un mouton est dans son champ. »

Le feu à la grange

Voici la ferme des pommiers.

Madame Dupré est fermière. Elle a deux enfants, Julie et
Marc, et un chien, Caramel.

Voilà Jean.

Jean travaille à la ferme des Pommiers. Il s'occupe du
tracteur et de toutes les machines agricoles.

Julie et Marc aident Jean.

Ils aiment bien l'aider dans son travail. Aujourd'hui, ils réparent la clôture du champ des moutons.

Marc sent de la fumée.

« Jean, dit Marc, il y a quelque chose qui brûle ! » Jean
s'arrête et tout le monde se met à renifler.

La grange est en feu.

« Regardez ! dit Julie, la fumée vient de la grange. Le foin
brûle. Que faire ? »

« Appelons les pompiers. »

« Vite, dit Jean. Courez à la maison dire à votre maman
d'appeler les pompiers. Aussi vite que vous le pouvez. »

Julie et Marc courent à la maison.

« Maman, maman ! crie Julie. Appelle les pompiers, la grange est en feu ! Vite, maman ! »

Madame Dupré fait le numéro.

« Ici la ferme des Pommiers, dit-elle. Les pompiers, s'il vous plaît, le plus vite possible. Merci beaucoup. »

« Restez ici. »

« Les enfants, dit madame Dupré, ne bougez pas d'ici. Et ne laissez pas sortir Caramel. »

Julie et Marc regardent par la porte.

Bientôt ils entendent la sirène, puis ils voient le camion des pompiers qui arrive dans la cour de la ferme.

Les pompiers sont là.

Les pompiers sautent du camion. Ils déroulent plusieurs
longs tuyaux.

Les pompiers se précipitent vers la grange avec les tuyaux.
Vois-tu où ils pompent l'eau ?

Les pompiers déversent l'eau sur la grange.

Julie et Marc les regardent par la fenêtre. « Ça brûle encore de l'autre côté », dit Julie.

« Voilà le feu ! »

Un pompier passe derrière la grange. Quelle surprise ! Deux campeurs ont allumé un grand feu pour faire cuire leur repas.

Le feu est éteint.

« Nous sommes désolés », disent les campeurs. « C'était excitant dit Marc, mais je suis content que la grange soit intacte. »

Le tracteur dégringole

Voici la ferme des Pommiers.

Madame Dupré est fermière. Elle a deux enfants, Julie et Marc, et un chien, Caramel.

Jean conduit le tracteur.

Il a rempli la remorque de foin. Il le transporte dans les champs pour nourrir les moutons.

Julie et Marc entendent un drôle de bruit.

« Écoute ! dit Marc. Jean crie et le tracteur fait un drôle de bruit. Allons voir. »

Ils courent jusqu'en haut de la colline.

Le tracteur dévale la pente de plus en plus vite. « Impossible de l'arrêter », crie Jean.

La remorque se détache.

La remorque dévale la colline et s'écrase contre une clôture.
Elle bascule et tout le foin se renverse.

Le tracteur tombe dans la mare.

Le tracteur arrive dans l'eau en éclaboussant tout. Le moteur fait un grand bruit, puis s'arrête avec un sifflement.

Jean descend du tracteur.

Jean patauge dans l'eau et sort de la mare. Julie et Marc descendent la colline en courant.

Jean est tout mouillé.

Jean enlève ses bottes et les vide. Comment sortir le tracteur de la mare ?

« Allez demander de l'aide à la ferme des Martin ».

« Demandez à votre maman de téléphoner à monsieur Martin », dit Jean. Julie et Marc se précipitent à la maison.

Monsieur Martin, le fermier, a un cheval.

Le voici qui descend la colline avec son cheval, un gros cheval de trait appelé Princesse.

Jean accroche le tracteur.

Monsieur Martin attache les cordes au collier du cheval.
Jean noue l'autre bout au tracteur.

Princesse tire très fort.

Tout doucement le tracteur commence à bouger. Jean pousse de toutes ses forces et Princesse tire.

Jean trébuche.

Le tracteur fait un bond en avant et Jean tombe dans l'eau.
Maintenant, il est tout trempé et couvert de boue.

Le tracteur est sorti de la mare.

« Il vaut mieux le laisser sécher, dit monsieur Martin. Ainsi, le moteur pourra redémarrer. »

Julie et Marc rentrent à la maison à cheval.

Monsieur Martin les hisse sur le dos de Princesse. Jean est tout couvert de boue, il doit rentrer à pied.

Petit cochon s'est perdu

Voici la ferme des Pommiers.

Madame Dupré est fermière. Elle a deux enfants, Julie et Marc, et un chien, Caramel.

Madame Dupré a six cochons.

Il y a la truie et ses cinq petits. Le plus petit cochon s'appelle Tire-Bouchon. Ils vivent dans un enclos.

Madame Dupré donne à manger aux cochons.

Elle leur apporte deux gros seaux de nourriture.
Mais où est Tire-Bouchon ? Il n'est pas dans l'enclos.

Elle appelle Julie et Marc.

« Tire-Bouchon s'est sauvé, dit-elle. Venez m'aider à le retrouver, s'il vous plaît. »

« Tire-Bouchon, où es-tu ? »

Julie et Marc appellent Tire-Bouchon. « Allons voir dans le poulailler », dit madame Dupré. Mais il n'est pas là.

« Le voici, dans la grange ! »

« Il est dans la grange, dit Marc. J'aperçois sa queue. » Ils partent tous vers la grange pour attraper Tire-Bouchon.

« Ce n'est pas Tire-Bouchon. »

« C'est une corde, ce n'est pas la queue de Tire-Bouchon,
dit madame Dupré. Où peut-il bien être ? »

« Allons à l'étable ! »

Mais Tire-Bouchon n'est pas dans l'étable. « Ne vous
inquiétez pas, dit madame Dupré. On va le retrouver. »

« Il est peut-être dans le potager. »

Ils regardent partout dans le potager, mais Tire-Bouchon
n'est pas là. « Il s'est perdu pour de bon », dit Marc.

74

« Caramel ! Pourquoi aboies-tu ? »

Caramel est près d'un fossé. Il ne cesse pas d'aboyer.
« Il essaie de nous dire quelque chose », dit Julie.

« Caramel a trouvé Tire-Bouchon. »

Ils regardent dans le fossé. Tire-Bouchon a glissé dans la boue et il ne peut pas remonter.

« Nous allons le tirer de là. »

« Je vais descendre dans le fossé », dit madame Dupré.
« Moi aussi », dit Julie. « Moi aussi », dit Marc.

Tire-Bouchon est couvert de boue.

Madame Dupré soulève Tire-Bouchon, mais il se débat.
Il retombe dans la boue en éclaboussant tout le monde.

Tout le monde est couvert de boue.

Marc essaie d'attraper Tire-Bouchon, mais il tombe.
Madame Dupré saisit Tire-Bouchon et remonte le fossé.

Ils remontent tous le fossé.

« Allons nous laver », dit madame Dupré. « Caramel
a trouvé Tire-Bouchon. C'est un malin », dit Marc.

L'âne gourmand

Voici la ferme des Pommiers.

Madame Dupré, la fermière, a deux enfants, Julie et
Marc. Elle a aussi un chien qui s'appelle Caramel.

À la ferme il y a un âne.

L'âne s'appelle Gaspard. Il vit dans un pré où il y a
plein d'herbe à brouter, mais il a toujours faim.

L'âne Gaspard part en promenade.

Julie et Marc sont allés chercher Gaspard et l'amènent
dans la cour de la ferme. C'est le jour de la foire.

Gaspard a une petite charrette.

Ils brossent son poil, peignent sa queue et nettoient ses sabots. Madame Dupré attelle Gaspard à la charrette.

Tous partent à la foire.

Julie et Marc montent dans la petite charrette
et se font tirer. Ils partent tous pour la foire.

« Reste ici, Gaspard ! »

Quand ils arrivent à la foire, madame Dupré attache Gaspard à une clôture. « Nous allons revenir », dit-elle.

Gaspard se sauve.

Gaspard a faim et il s'ennuie, parce qu'il n'a rien à faire. Il tire et tire sur la corde… jusqu'à ce qu'elle casse.

Gaspard cherche à manger.

Gaspard se promène dans le champ jusqu'au chapiteau.
Tout à coup, il aperçoit des fleurs et des fruits.

« Ça doit être très bon ! »

Il prend une grosse bouchée, mais les fleurs n'ont pas
très bon goût. Une dame crie et Gaspard a peur.

Gaspard se met à courir.

Madame Dupré, Julie, Marc et la dame courent après
Gaspard et l'attrapent. « Oh ! vilain ! » dit Marc.

Gaspard a honte.

« Je suis désolée, dit madame Dupré à la dame. Voulez-vous le présenter au concours de l'âne le plus beau ? »

Maintenant, Gaspard est heureux.

La dame s'appelle madame Rose. Elle monte dans la charrette. « On y va ! » dit-elle en agitant les rênes.

Gaspard est fier.

Il fait le tour du chapiteau en tirant la charrette. Il s'arrête et repart quand madame Rose le lui indique.

Gaspard gagne un prix.

« Bravo ! » dit le juge, qui lui remet un ruban. Il donne aussi un prix à madame Rose. C'est un chapeau.

C'est l'heure de rentrer.

Madame Rose leur dit au revoir. « Quel drôle d'âne ! »
dit-elle. Gaspard a un nouveau chapeau, lui aussi.

Le secret de l'épouvantail

Voici la ferme des Pommiers.

Madame Dupré est fermière. Elle a deux enfants, Julie et Marc, et un chien, Caramel.

Monsieur Dupré travaille dans la grange.

« Qu'est-ce que tu fais, papa ? » demande Marc.

« J'attache de la paille autour d'un bâton », répond-il.

« Qu'est-ce que c'est ? »

« Tu le sauras bientôt, répond papa. Va chercher mon vieux manteau dans la remise... et mon vieux chapeau. »

« C'est un épouvantail. »

Julie et Marc reviennent avec le manteau et le chapeau.
Ils aident monsieur Dupré à les mettre sur l'épouvantail.

« Il ressemble à un gentil vieux monsieur. »

« J'ai de vieux gants pour lui », dit Marc.
« On l'appellera monsieur Lapaille », dit Julie.

« Voilà, on a terminé. »

« Julie, aide-moi à le transporter, s'il te plaît, dit
monsieur Dupré. Marc, apporte la bêche ! »

Ils vont au champ de maïs.

Monsieur Dupré creuse un trou dans le champ. Puis il enfonce le bâton pour que l'épouvantail se tienne debout.

« Il a l'air d'une vraie personne. »

« Je suis sûr que monsieur Lapaille fera peur à tous les oiseaux », dit Marc. « Et qu'il les épouvantera », dit Julie.

Monsieur Lapaille fait du bon travail.

Tous les jours, monsieur Dupré, Julie et Marc regardent
monsieur Lapaille. Il n'y a pas d'oiseaux dans le champ.

« Regardez l'épouvantail du voisin. »

« C'est un bon à rien, dit Marc. Les oiseaux mangent tout le maïs et sont perchés sur l'épouvantail. »

Monsieur Lapaille semble bien efficace.

« Parfois, on dirait qu'il bouge, dit Julie. Son manteau se soulève et retombe. C'est très bizarre. »

« Allons jeter un coup d'œil. »

« Ne faisons pas de bruit », dit Marc. Sur la pointe des pieds, ils s'approchent de monsieur Lapaille.

« Il y a quelque chose dans son manteau. »

« Ça bouge », dit Julie. « Et ça fait un drôle de bruit.
Qu'est-ce que ça peut bien être ? » dit Marc.

« C'est notre chatte et ses chatons ! »

Ils ouvrent doucement le manteau. La chatte Moustache
et ses deux chatons sont cachés dans la paille.

« Voilà le secret de l'épouvantail. »

« Moustache aide monsieur Lapaille à effrayer les oiseaux », dit Julie. « Il est bien malin », dit Marc.

Un tracteur en difficulté

Voici la ferme des Pommiers.

Madame Dupré, la fermière, a deux enfants, Julie et Marc.
Elle a aussi un chien qui s'appelle Caramel.

Jean travaille à la ferme.

Jean aide madame Dupré. Il s'occupe du tracteur et de tous les travaux de la ferme.

Il y a beaucoup de vent, aujourd'hui.

Le vent fait pencher les arbres, et il fait très froid. Julie et
Marc jouent dans la grange.

« Où vas-tu, Jean ? »

Jean sort le tracteur de la cour. « Je vais vérifier si les moutons vont bien », dit-il.

Jean arrête le tracteur près de la barrière.

Il entre dans le pré des moutons. Il cloue le toit de la bergerie pour le rendre plus solide.

Julie et Marc entendent un bruit terrifiant.

« Qu'est-ce que c'est ? » demande Marc. « Je ne sais pas,
allons voir », répond Julie. Ils courent vers le pré.

« Un arbre est tombé. »

« Il est tombé sur le tracteur de Jean », dit Julie. « Viens.
Il faut l'aider », dit Marc.

« Que vas-tu faire, Jean ? »

Le pauvre Jean est très ennuyé. L'arbre tombé sur son
tracteur l'empêche d'entrer dans la cabine.

« Demande à monsieur Martin de t'aider. »

« Allez demander à votre maman de téléphoner à monsieur Martin », dit Jean. Les enfants courent jusqu'à la maison.

Monsieur Martin arrive avec sa jument.

Monsieur Martin a une belle jument de trait, appelée
Princesse. Ils viennent aider Jean.

« Je vais couper l'arbre. »

Monsieur Martin prend d'abord sa scie mécanique. Puis il coupe les branches qui sont tombées sur le tracteur.

Princesse se met au travail.

Monsieur Martin attache deux cordes au harnais de Princesse.
Jean attache les deux autres bouts aux grosses branches.

Princesse tire et tire encore.

Elle travaille dur jusqu'à ce que le tracteur soit dégagé.
« Bravo, Princesse ! » s'exclame monsieur Martin.

Jean monte dans la cabine.

« Merci beaucoup, monsieur Martin et Princesse », dit-il.
Et ils partent tous vers la cour de la ferme.

Le tracteur n'a pas beaucoup de dégâts.

Jean prend un pinceau et de la peinture pour réparer les éraflures. « Il sera aussi beau qu'avant », dit-il.

Le chien tout-fou

Voici la ferme des Pommiers.

Madame Dupré est fermière. Elle a deux enfants, Julie et Marc, et un chien, Caramel.

Jean travaille à la ferme.

Il vient d'acheter un chien de berger pour l'aider à garder les moutons. Le chien s'appelle Réglisse.

Julie et Marc disent bonjour à Réglisse.

« Viens, Réglisse, dit Marc. Nous allons te montrer tous les animaux de la ferme. »

Ils regardent d'abord les poules.

Réglisse saute dans la basse-cour et poursuit les
poules. Elles ont peur et s'envolent sur le poulailler.

133

« Maintenant, allons voir les vaches. »

Réglisse court dans le champ et aboie après les vaches.
Mais elles ne bougent pas et le regardent fixement.

Ensuite, ils regardent les cochons.

Réglisse saute dans l'enclos et chasse tous les cochons
dans leur petite porcherie.

135

Marc gronde Réglisse.

« Viens ici, petit idiot ! Si tu n'es pas un bon chien de
berger, Jean va être obligé de te ramener. »

Ils vont jusqu'au champ des moutons.

« Regarde, dit Marc. Il manque un mouton. »
« Oui, c'est encore ce vilain Bouclette », dit Jean.

« Où va Réglisse ? » dit Marc.

Réglisse se sauve à travers le champ. Jean, Marc, Julie
et Caramel le poursuivent.

Réglisse disparaît dans la haie.

Il aboie et aboie. « Qu'est-ce qu'il a trouvé ? » dit
Marc. Ils vont tous regarder.

Réglisse a trouvé un garçon.

Le garçon le caresse. « Bonjour, dit-il. Je me demandais qui t'avait acheté quand papa a vendu sa ferme. »

140

Le garçon a trouvé un mouton.

« Voilà Bouclette ! » dit Marc. « Je l'ai trouvé sur la
route, dit le garçon. Je le ramenais. »

Le garçon siffle Réglisse.

Réglisse chasse Bouclette vers la barrière. Le mouton
court dans le champ, avec les autres.

Jean regarde, surpris.

« Réglisse ne fait rien de ce que je lui demande », dit
Jean. « Vous ne savez pas comment siffler », dit le garçon.

Réglisse revient vers eux en courant.

« Tu dois m'apprendre à siffler Réglisse », dit Jean.
« Après tout, ce n'est pas un chien stupide », dit Marc.

144

Le chaton a disparu

Voici la ferme des Pommiers.

Madame Dupré est fermière. Elle a deux enfants, Julie et Marc, et un chien, Caramel.

Jean travaille à la ferme.

Il aide monsieur Legrain, le chauffeur du camion.
Celui-ci a apporté des sacs d'aliments pour les vaches.

« Au revoir, monsieur Legrain », disent-ils.

Monsieur Legrain leur fait signe en partant.
Jean et Julie lui répondent.

« Où est mon chaton ? »

« Où est Peluche ? » dit Marc. Ils le cherchent tous partout. Mais ils ne le trouvent pas.

« Il a peut-être sauté dans le camion. »

« Prends ma voiture et rattrape le camion, Jean », dit
madame Dupré. Ils sautent en voiture et partent.

Jean s'arrête au carrefour.

« Quelle route monsieur Legrain a-t-il prise ? » dit Jean.
« Un camion ! dit Marc. Il est juste dans le virage. »

Jean descend une pente abrupte.

« Attention, Jean ! dit Julie. Il y a une rivière en bas. »
La voiture éclabousse partout.

La voiture s'arrête dans la rivière.

« De l'eau dans le moteur, dit Jean. Il faut pousser. »
« Nous ne trouverons plus le camion ! » dit Marc.

Jean ouvre le capot.

Il éponge toute l'eau. Bientôt la voiture redémarre. Ils repartent à la recherche du camion.

Il y a beaucoup de moutons sur la route.

« Les moutons sont sortis du champ. Quelqu'un a laissé la barrière ouverte, dit Jean. Il faut les faire rentrer. »

Jean, Julie et Marc rassemblent les moutons.

Ils les reconduisent dans le champ. Jean ferme la barrière. « Allons-y, il faut se dépêcher », dit Marc.

« Arrête, Jean, voilà un camion. »

« Je suis sûr que c'est le camion de monsieur Legrain là-bas », dit Marc. Jean rentre dans la cour.

« C'est le mauvais camion. »

« Hélas ! dit Julie. Ce n'est pas monsieur Legrain et ce n'est pas son camion. »

Jean les reconduit à la maison.

« Nous ne trouverons plus jamais mon chaton, dit Marc.
Peluche est perdu... » « Il reviendra », dit Julie.

Il y a une surprise à la ferme des Pommiers.

« Voici ton chaton, dit monsieur Legrain. Il a passé toute la journée dans mon camion et maintenant, il rentre ! »

160

Le nouveau poney

Voici la ferme des Pommiers.

Ferme
des Pommiers

Madame Dupré est fermière. Elle a deux enfants, Julie
et Marc, et un chien, Caramel.

Julie, Marc et leur papa vont se promener.

Ils aperçoivent un poney. « Il est à monsieur Lapierre,
qui vient d'acheter la ferme du Bois », dit papa.

Le poney a l'air triste.

Sa robe est sale et hérissée. Il a l'air affamé. Il semble abandonné dans son champ.

Julie essaie de caresser le poney.

« Il n'est pas très gentil », dit Marc. « Monsieur Lapierre
dit qu'il a mauvais caractère », dit monsieur Dupré.

Julie donne à manger au poney.

Tous les jours, Julie lui apporte pommes et carottes.
Mais elle reste toujours de l'autre côté de la barrière.

166

Un jour, Julie emmène Marc.

Ils ne voient le poney nulle part. Le champ semble désert. « Où est-il ? » dit Marc.

Julie et Marc ouvrent la barrière.

Caramel court dans le champ. Julie et Marc ont un peu peur. « Nous devons trouver le poney », dit Julie.

« Le voilà ! » dit Marc.

Le poney s'est pris la bride dans la palissade. Il mangeait l'herbe de l'autre côté.

Julie et Marc vont chercher monsieur Dupré.

« Papa, viens nous aider s'il te plaît, dit Julie. Le poney s'est pris dans la palissade. Il va se blesser. »

Monsieur Dupré examine le poney.

Il décroche la bride du poney de la palissade. « Il n'est pas blessé », dit monsieur Dupré.

« Le poney nous poursuit. »

« Vite, courons », dit Marc. « Ça va, dit Julie, en caressant le poney. Il veut juste être notre ami. »

Ils aperçoivent un homme en colère.

« Laisse mon poney, dit monsieur Lapierre. Et sors de mon champ. » Il lève son bâton vers Julie.

Le poney a peur de monsieur Lapierre.

Monsieur Lapierre essaie de frapper le poney. « Je vais me débarrasser de ce sale animal », dit-il.

Julie lui attrape le bras.

« Vous ne devez pas taper le poney », crie-t-elle. « Allons,
Julie, dit monsieur Dupré. Rentrons à la maison. »

Le lendemain, il y a une surprise pour Julie.

Le poney est à la ferme des Pommiers. « Nous l'avons
acheté pour toi », dit madame Dupré. « Merci », dit Julie.

La chèvre grognon

Voici la ferme des Pommiers.

Madame Dupré est fermière. Elle a deux enfants, Julie et Marc, et un chien, Caramel.

Jean travaille à la ferme.

Il demande aux enfants de nettoyer la cabane de la
chèvre. « Va-t-elle nous laisser faire ? Elle est si grognon. »

179

Brunette, la chèvre, poursuit Marc.

Elle lui donne des coups de tête. Il manque de tomber.
Marc, Julie et Caramel se sauvent par la barrière.

Julie ferme la barrière.

Ils doivent faire sortir Brunette de son enclos pour aller dans sa cabane. « J'ai une idée », dit Marc.

Marc a du pain dans un sac.

« Viens manger le bon pain, Brunette ! » dit-il.
Brunette mange tout, même le sac, mais ne sort pas.

« Essayons de l'herbe fraîche », dit Julie.

Elle arrache de l'herbe et la laisse à la barrière. Brunette la mange, mais repart en trottinant dans l'enclos.

« J'ai une autre idée », dit Marc.

« Brunette ne fonce pas sur Jean. Elle ne foncerait pas sur moi si je lui ressemblais. Je reviens », dit Marc.

Marc revient, habillé comme Jean.

Marc a trouvé le vieux manteau et le chapeau de Jean.
Il entre dans l'enclos, mais Brunette fonce encore sur lui.

« Je vais chercher une corde », dit Julie.

Ils entrent dans l'enclos. Julie essaie de jeter la corde par-dessus la tête de Brunette. Elle rate.

Brunette les poursuit tous.

Caramel sort de l'enclos en courant et Brunette le suit.
« Elle est sortie ! crie Marc. Vite, ferme la barrière. »

Marc et Julie nettoient la cabane.

Ils balaient la paille sale et la mettent dans la brouette. Ils étalent de la paille fraîche.

Julie ouvre la barrière.

« Viens, Brunette. Tu peux rentrer maintenant », dit
Marc. Brunette revient en trottinant dans son enclos.

« Tu es une vieille chèvre grognon », dit Julie.

« Nous avons nettoyé ta cabane et tu es toujours
grognon, dit Marc. Brunette, la grognon ! »

Le lendemain matin, ils rencontrent Jean.

« Venez voir Brunette », dit Jean. Ils se dirigent tous
vers l'enclos de la chèvre.

Brunette a un petit.

« Oh ! comme il est mignon ! » dit Julie. « Brunette n'a plus l'air grognon », dit Marc.

La tempête
de neige

Voici la ferme des Pommiers.

Madame Dupré, la fermière, a deux enfants, Julie et Marc.
Elle a aussi un chien qui s'appelle Caramel.

Cette nuit, il y a eu une tempête de neige.

Ce matin, il neige toujours. « Marc et Julie, habillez-vous chaudement », dit madame Dupré.

Jean travaille à la ferme.

Il aide madame Dupré à soigner les animaux. Il leur donne
à manger et à boire tous les jours.

« Venez m'aider ! » crie Jean.

« Où vas-tu ? » demande Julie. « J'apporte du foin aux moutons », dit Jean.

Julie et Marc tirent le foin.

Ils sortent de la ferme avec Jean. Ils marchent jusqu'à la barrière du champ des moutons.

« Où sont les moutons ? » demande Marc.

« Ils sont recouverts de neige », répond Jean. « Il faut les retrouver », dit Julie.

Ils enlèvent la neige des moutons.

Jean, Julie et Marc leur donnent beaucoup de foin.
« Ils ont une jolie toison bien chaude », dit Marc.

Julie compte les moutons.

« Il n'y en a que six. Il en manque un », dit Julie. « C'est cette vilaine Bouclette », dit Jean.

Ils cherchent Bouclette.

Ils regardent partout dans le champ enneigé. « Caramel, bon chien, cherche Bouclette », dit Marc.

Caramel traverse le champ en courant.

Jean, Julie et Marc courent derrière lui. Caramel aboie
devant la haie.

Jean regarde dans la haie.

« Tu vois quelque chose ? » demande Marc. « Oui, c'est
Bouclette qui se cache. Bravo, Caramel ! » dit Jean.

« Viens, Bouclette. »

« Laisse-moi t'aider à sortir », dit Jean. Et il tire tout
doucement Bouclette de la haie.

« Il y a autre chose ! »

« Regarde, je vois quelque chose bouger », dit Marc.
« Qu'est-ce que c'est, Jean ? » demande Julie.

Jean soulève un tout petit agneau.

« Bouclette a eu un agneau, dit-il. Emmenons-les dans la bergerie. Là-bas, ils seront au chaud. »

Julie rentre sur la luge.

Elle tient le petit agneau. « Quelle surprise ! dit-elle. Brave vieille Bouclette. »

Une visite surprise

Voici la ferme des Pommiers.

Madame Dupré est fermière. Elle a deux enfants, Julie et Marc, et un chien, Caramel.

Samedi matin.

Pendant le petit déjeuner, Marc demande : « Pourquoi les vaches meuglent si fort aujourd'hui ? »

Ils se précipitent dans le champ.

Les vaches courent partout. Elles sont effrayées. Un énorme
ballon plane au-dessus des arbres.

« C'est une montgolfière. »

« Elle descend, dit madame Dupré. Elle va atterrir dans
notre champ. » Le ballon se pose.

Deux personnes sont à bord.

« Où sommes-nous ? » demande le monsieur. « À la ferme des Pommiers. Nos vaches ont eu peur », dit madame Dupré.

Le monsieur descend.

« Je m'appelle Alice et voici Rémi, dit la dame. Nous n'avons plus de gaz. Désolée pour vos vaches. »

« Un camion nous suit. »

« Le voici, dit Alice. Notre ami apporte d'autres bouteilles de gaz pour le ballon. »

216

Alice aide à décharger le camion.

Rémi décharge les bouteilles vides. Puis il charge les pleines
dans la nacelle.

Ils gonflent le ballon.

Julie et Marc aident Rémi à tenir le ballon ouvert.
Un ventilateur souffle de l'air chaud à l'intérieur.

218

« Voulez-vous faire un tour ? »

« Oh, oui merci ! » dit Julie. « Juste un petit tour, dit Rémi.
Le camion vous ramènera. »

Madame Dupré, Julie et Marc embarquent.

Rémi allume le brûleur. Les grandes flammes font beaucoup de bruit. « Tenez-vous bien », dit Alice.

Le ballon décolle.

Il s'élève doucement. Rémi éteint le brûleur. « Le vent nous emporte », dit-il.

Le ballon avance.

« Je vois notre ferme, là, en bas », dit Julie. « Regardez ! c'est Alice dans le camion », dit Marc.

« Nous descendons maintenant », dit Rémi.

Le ballon descend et la nacelle touche le sol. Madame Dupré
aide Julie et Marc à débarquer.

« Merci beaucoup. »

Ils disent au revoir. Le ballon s'éloigne. « Nous sommes allés
en ballon ! » dit Marc.

Le jour du marché

Voici la ferme des Pommiers.

Madame Dupré, la fermière, a deux enfants, Julie et Marc.
Elle a aussi un chien qui s'appelle Caramel.

C'est le jour du marché.

Madame Dupré accroche la remorque à la voiture. Julie et
Marc mettent une cage dans la remorque.

Ils partent au marché.

Ils passent devant les vaches, les moutons et les cochons. Ils vont jusqu'au bâtiment des volailles.

Il y a des oies de races différentes.

« Regardons dans toutes les cages, dit madame Dupré.
Je voudrais quatre jeunes belles oies. »

« En voici quatre belles blanches. »

« Elles ont l'air jolies et gentilles », dit Julie. « Oui, c'est
exactement ce que je veux », dit madame Dupré.

Une dame vend les oies.

« Combien coûtent les quatre blanches ? demande
madame Dupré. Je vous les achète. » Elle les paie.

« Nous reviendrons plus tard. »

Ils regardent dans les autres cages, occupées par des poules, des poussins, des canards et des pigeons.

« Regarde ce pauvre petit canard ! »

« Il est tout seul, dit Julie. Je peux l'acheter, s'il te plaît ? Je paierai avec mon argent. »

« Oui, tu peux l'acheter. »

« Nous le prendrons en revenant chercher les oies », dit
madame Dupré. Julie paie le canard au monsieur.

Madame Dupré apporte la cage.

Julie ouvre la porte. La dame donne les oies à
madame Dupré, qui les met dans la cage.

Une des oies se sauve.

Une oie saute hors de la cage juste avant que Marc referme
la porte. Elle s'échappe très vite.

« Attrapez cette oie ! »

Madame Dupré, Julie et Marc courent après l'oie. Elle rentre par la portière ouverte d'une voiture.

« Cette fois nous la tenons ! » dit Marc.

Mais une dame ouvre la portière de l'autre côté.
L'oie saute hors de la voiture et s'enfuit.

« Courez-lui après ! » crie madame Dupré.

L'oie rentre sous la tente des plantes. « La voilà ! »
dit Marc, et il l'attrape.

« Rentrons à la maison », dit madame Dupré.

« J'ai mes oies. » « Et moi, j'ai mon canard », dit Julie.
« Le marché, c'est amusant ! » dit Marc.

240

Une nuit sous la tente

Voici la ferme des Pommiers.

Madame Dupré est fermière. Elle a deux enfants, Julie et Marc, et un chien, Caramel.

Une voiture s'arrête devant la barrière.

Un monsieur, une dame et un enfant en sortent.
« Bonjour ! dit le monsieur. Pouvons-nous camper à la ferme ? »

« Oui, vous pouvez camper là-bas. »

« Nous allons vous montrer le chemin », dit monsieur
Dupré. Les campeurs suivent dans leur voiture.

Les campeurs montent leur tente.

Julie et Marc les aident. Ils sortent des chaises, une table, un réchaud et de la nourriture de la voiture.

Puis ils vont tous à la ferme.

Madame Dupré donne un seau d'eau et du lait aux campeurs. Julie et Marc apportent des œufs.

« Pouvons-nous camper ? »

« Papa, pouvons-nous aussi monter notre tente ? » demande
Julie. « Oui, s'il te plaît papa ! » dit Marc.

Monsieur Dupré sort la tente.

Julie et Marc essaient de monter leur petite tente, mais elle s'écroule sans arrêt. Enfin elle est prête.

« Venez dîner ! »

« Puis vous pourrez aller sous la tente, dit madame Dupré.
Mais il faudra d'abord vous laver les dents. »

Julie et Marc s'en vont sous la tente.

« Il ne fait pas encore nuit », dit Marc. « Viens avec nous,
Caramel ! » dit Julie.

Julie et Marc se couchent.

Ils se glissent sous la tente et attachent la porte. Puis ils se faufilent dans leur sac de couchage.

« C'est quoi ce bruit ? »

Marc se redresse. « Il y a quelque chose qui se promène autour de la tente, dit Marc. Qu'est-ce que c'est ? »

Julie regarde dehors.

« C'est seulement Daisy, la vache, dit Julie. Elle a dû s'égarer dans ce champ. Elle est si curieuse. »

Daisy regarde dans la tente.

Caramel aboie. Daisy a peur. Elle essaie de reculer, mais sa tête se prend dans la tente.

Daisy tire sur la tente.

Elle l'arrache et se sauve avec. Caramel la poursuit. Julie et
Marc rentrent en courant à la maison.

Monsieur Dupré ouvre la porte.

« Papa, dit Marc, Daisy a emporté notre tente ! »
« Finalement, je n'ai plus envie de camper », dit Julie.

Le vieux train à vapeur

Voici la ferme des Pommiers.

Madame Dupré, la fermière, a deux enfants, Julie et
Marc. Elle a aussi un chien qui s'appelle Caramel.

« Dépêchez-vous ! » dit madame Dupré.

« Où allons-nous aujourd'hui ? » demande Julie.
« À l'ancienne gare », répond madame Dupré.

Ils descendent le chemin.

« Pourquoi y allons-nous ? Il n'y a plus de trains », dit
Marc. « Attends et tu verras », répond madame Dupré.

« Que font toutes ces personnes ? » dit Julie.

« Elles nettoient l'ancienne gare, répond madame Dupré.
Aujourd'hui tout le monde donne un coup de main. »

« Il y a beaucoup à faire. »

« Voulez-vous m'aider ? » demande le peintre. « Enlevez
vos manteaux et au travail ! » dit madame Dupré.

Julie et Marc travaillent dur.

Marc apporte les pots de peinture et Julie les pinceaux.
Madame Dupré balaie le quai.

« Quel est ce bruit ? »

« C'est le train qui arrive », répond madame Dupré.
« Oh, c'est un train à vapeur ! » s'exclame Julie, ravie.

Le train fait de belles bouffées de fumée.

Il s'arrête au niveau du quai. La locomotive émet un long sifflement. Tout le monde applaudit.

« Regardez, c'est papa ! » dit Marc.

« Il aide le mécanicien, mais seulement aujourd'hui », dit
madame Dupré. « Il en a de la chance ! » s'exclame Julie.

« En voiture ! » dit madame Dupré.

« Je monte ici ! » s'exclame Marc. « Viens Caramel ! » dit
Julie. « Je vais fermer la portière », dit madame Dupré.

« Où vas-tu ? »

« Tu ne viens pas avec nous ? » demande Marc. « Restez
où vous êtes, je vais revenir », répond madame Dupré.

268

« Regarde, elle est là. »

« Elle porte une casquette », remarque Julie.
« Aujourd'hui, je suis contrôleur ! » dit madame Dupré.

Madame Dupré agite le drapeau.

Le train siffle et démarre doucement. Madame Dupré saute dans le wagon et ferme la portière.

« Nous partons ! » dit Marc.

Le train prend peu à peu de la vitesse. « L'ancienne gare est vraiment belle ! » s'exclame Julie.

« J'aime les trains à vapeur », dit Marc.

« La gare est de nouveau en service, nous pourrons donc prendre le train à vapeur ! » dit madame Dupré.

Princesse
sauve le train

Voici la ferme des Pommiers.

Ferme des Pommiers

Madame Dupré, la fermière, a deux enfants, Julie et Marc. Elle a aussi un chien qui s'appelle Caramel.

274

Aujourd'hui l'école organise une sortie.

Madame Dupré, Julie et Marc vont à pied à l'ancienne gare. « Dépêche-toi Caramel ! » dit Marc.

« Voici votre maîtresse », dit madame Dupré.

Elle est entourée de plusieurs enfants. « Le vieux train
à vapeur entre en gare ! » s'exclame Julie.

« En voiture ! » dit le contrôleur.

Les enfants et leur maîtresse montent dans le train. Le
contrôleur ferme la portière et donne un coup de sifflet.

Madame Dupré dit au revoir.

Le train s'éloigne lentement en lançant de grosses bouffées de fumée. Caramel aboie gaiement.

Les enfants regardent par la fenêtre.

« Je vois la ferme de monsieur Martin », dit Marc.
« Tiens, le train s'arrête », remarque Julie.

La locomotive est tombée en panne !

« Il faut aller chercher de l'aide, dit le mécanicien. Cela ne sera pas long. » Le contrôleur coupe à travers champs.

« Voici une échelle. »

« Vous avez le temps de descendre ! » dit le mécanicien.
« Nous allons pique-niquer ici », ajoute la maîtresse.

« Allons dans le champ ! » dit Marc.

Les enfants passent par-dessus la clôture. « Revenez, les enfants ! s'écrie la maîtresse. Il y a un taureau ! »

« Ce n'est que Daisy ! »

« Daisy est une vache, et elle est très gentille ! » dit
Julie. « Revenez ici quand même », dit la maîtresse.

« Regardez, voici monsieur Martin ! »

« Il a amené Princesse », dit Marc. « Qu'allons-nous faire avec un cheval ? » demande la maîtresse.

Les enfants regardent.

Monsieur Martin a une longue corde. Il longe le train
avec Princesse. Le mécanicien décroche la locomotive.

Les enfants remontent dans le train.

« Nous allons bientôt repartir », dit le contrôleur.

« Princesse est prête ! » dit monsieur Martin.

« Tire, Princesse ! Tire ! »

Princesse tire de toutes ses forces. Monsieur Martin
marche à côté d'elle. Tout doucement, le wagon avance.

Ils arrivent à la gare.

« Partis avec une locomotive, revenus avec un cheval ! »
dit monsieur Martin. « C'était super ! » s'exclame Marc.

Caramel prend le train

Voici la ferme des Pommiers.

Madame Dupré, la fermière, a deux enfants, Julie et Marc. Elle a aussi un chien qui s'appelle Caramel.

Ils prennent leur petit-déjeuner.

« Qu'allons-nous faire aujourd'hui ? » demande Marc.
« Allons voir le train à vapeur », propose madame Dupré.

« Allez Caramel, viens vite », dit Marc.

Ils vont à la gare. « Tiens bien la laisse de Caramel. Il ne faut pas qu'il se sauve », dit madame Dupré.

Ils attendent sur le quai.

Madame Roche et son chiot sont aussi venus voir le train. Ils le regardent tous entrer en gare.

Le train est prêt à partir.

Tout le monde discute avec le mécanicien. Le chauffeur ferme les portières et monte dans la locomotive.

« Où est mon petit chien ? »

« Je le tenais en laisse. Il a dû se détacher ! » s'exclame madame Roche. Le train démarre.

Caramel regarde partir le train.

Il n'arrête pas de tirer sur sa laisse. Il réussit à se libérer
et saute dans le wagon par une des fenêtres ouvertes.

« Caramel ! Caramel ! » crie Marc.

Caramel regarde par la fenêtre. « Il voulait faire un petit voyage en train ! » dit Julie.

« Arrêtez le train ! » s'écrie Marc.

Madame Dupré, Julie et Marc crient et font de grands signes. Mais le train continue tranquillement.

« Qu'allons-nous faire ? »

« Les deux chiens sont partis », dit Marc. « Il va falloir attendre le retour du train », dit madame Dupré.

Le train revient enfin.

« Voilà Caramel ! » dit Marc. « As-tu fait bon voyage, petit coquin ? » demande Julie.

Le train s'immobilise.

Le chauffeur descend de la locomotive et ouvre la
portière du wagon.

« Viens vite, Caramel ! »

« Le voyage est terminé ! » dit madame Dupré. Caramel
descend. « Mais... il n'est pas seul ! » s'exclame Marc.

« C'est mon petit Médor ! »

Madame Roche prend son chiot dans les bras. « Pauvre petit ! Tu as dû avoir peur tout seul dans le train ! »

« Mais Caramel était avec lui ! » dit Marc.

« C'est pour cela qu'il a sauté dans le train », dit Julie.
« Bravo Caramel ! » s'exclame Marc.

Bouclette arrête le train

Voici la ferme des Pommiers.

Madame Dupré, la fermière, a deux enfants, Julie et Marc. Elle a aussi un chien qui s'appelle Caramel.

Voici Jean.

Jean travaille à la ferme. Il arrive avec le tracteur et appelle madame Dupré.

« Qu'y a-t-il ? » demande madame Dupré.

« Le train doit avoir un problème. Il n'arrête pas de
siffler ! » répond Jean.

« Allons voir ! »

« Julie et Marc, venez avec nous », dit madame Dupré.
Ils coupent à travers champs. Caramel les suit.

Ils arrivent rapidement près de la voie.

Ils aperçoivent le train à vapeur. Il est arrêté, mais il fait quand même de la fumée et siffle.

« Regardez ces moutons ! »

« Ils sont sur la voie, dit Julie. C'est pour cela que le train est arrêté. » « Ils n'ont peur de rien ! » dit Marc en riant.

« Mais c'est cette coquine de Bouclette ! »

« Elle s'est encore échappée de son champ », dit Julie.
« Elle devait avoir envie de voir le train ! » dit Marc.

« Il faut les faire partir de là. »

« Venez avec moi », dit madame Dupré. Marc appelle
Caramel et ils s'avancent tous vers les moutons.

« Comment allons-nous les faire rentrer ? »

« Nous n'arriverons pas à leur faire monter le talus », dit
Jean. « Et s'ils prenaient le train ? » dit madame Dupré.

« Viens par ici, Bouclette ! »

Ils font avancer les moutons sur la voie. Bouclette
essaie de se sauver, mais Caramel la rattrape.

« Nous allons les porter. »

« Aide-moi, Jean, s'il te plaît », dit madame Dupré. Et les moutons sont hissés un par un dans le wagon.

« En voiture ! »

Julie, Marc, madame Dupré, Jean et Caramel montent
dans le wagon. Madame Dupré fait signe au mécanicien.

Le train repart doucement.

Il s'arrête à la gare. Madame Dupré ouvre la portière
et Julie et Marc sautent sur le quai.

« Combien de passagers ? » dit le contrôleur.

« Six moutons, un chien et quatre personnes. C'est tout ! » répond madame Dupré.

« On rentre ! » dit madame Dupré.

Ils ramènent les moutons à la ferme. « En fait, Bouclette voulait juste faire un petit tour en train ! » dit Marc.